氷瀑（ひょうばく）

冨田　巖

和仁親実像

和仁三兄弟石像

田中城ミュージアム

田中城モニュメント

田中城より高い山があるのにここには築城されなかった

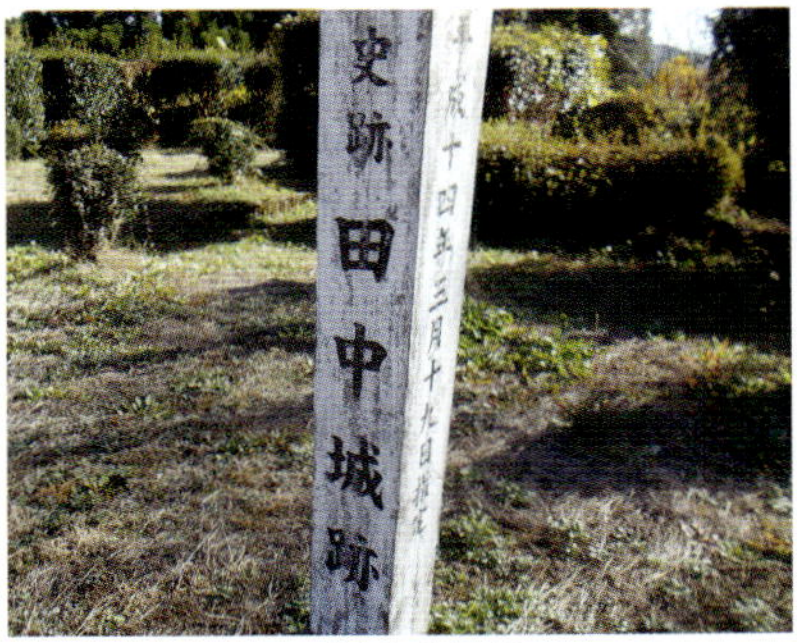

田中城跡標柱

肥後国衆一揆の舞台となった県北の地図

北側から見た田中城の山

田中城の遠望

田中城址全景

田中城全景

城三の丸説明版

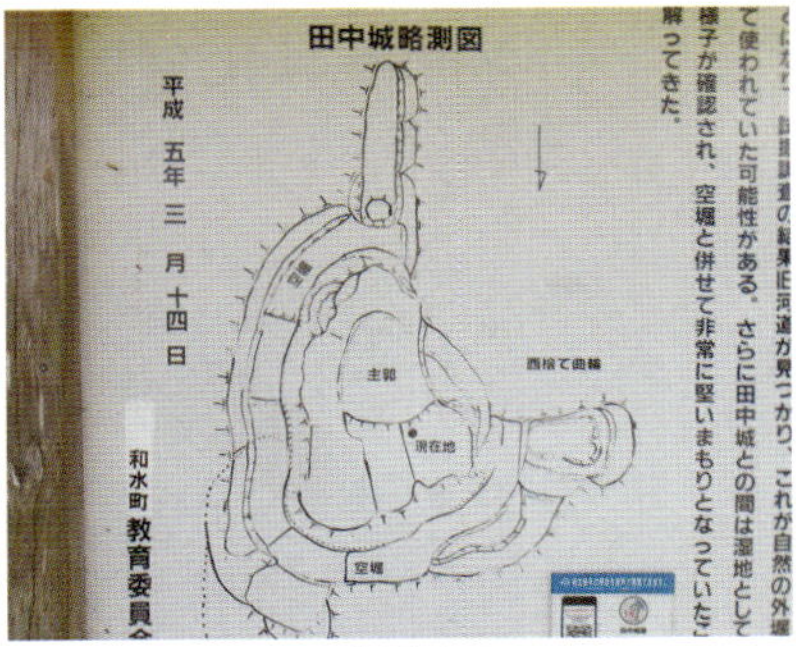

田中城略図

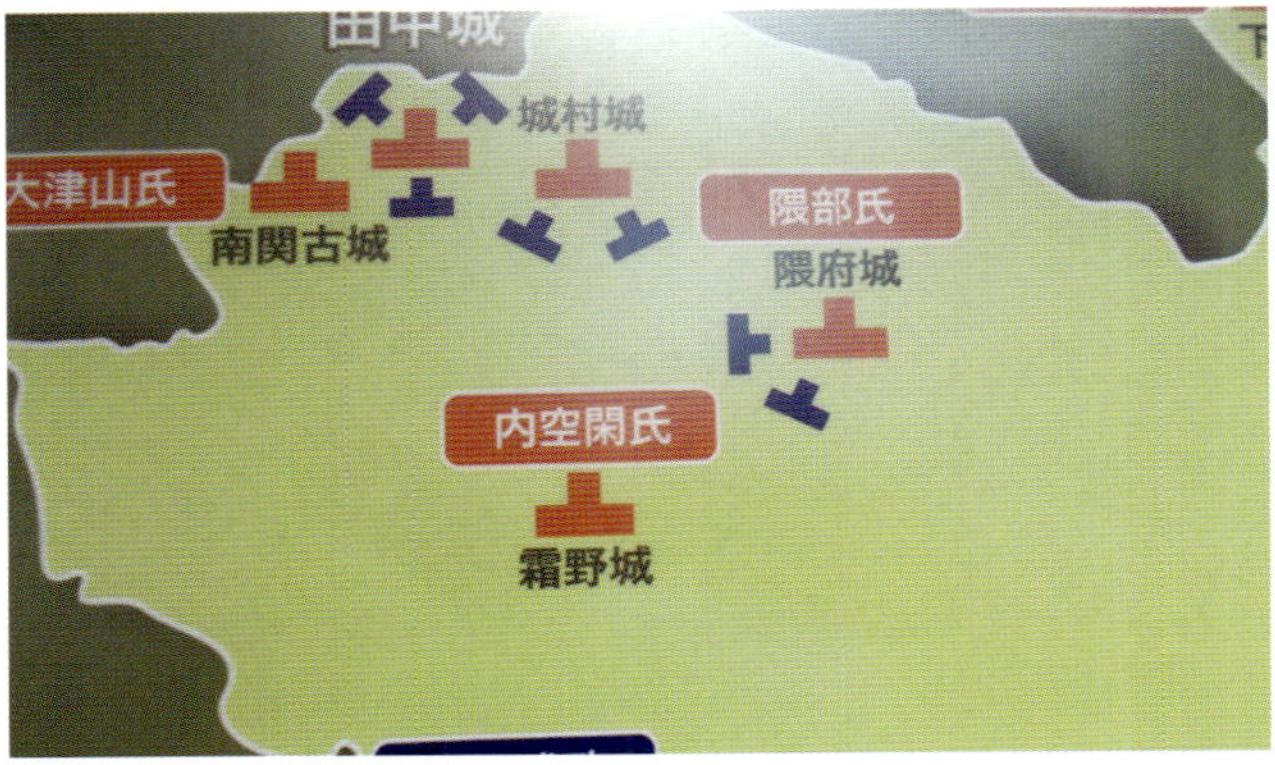

田中城近くの城

敵手陣地となった水田

田中城傾斜地

安国寺恵瓊本陣の水田地

お城深堀跡

右側田中城と佐々軍陣地の田んぼ

城から見下ろす水田

辺春和仁城陣取図

城館跡地

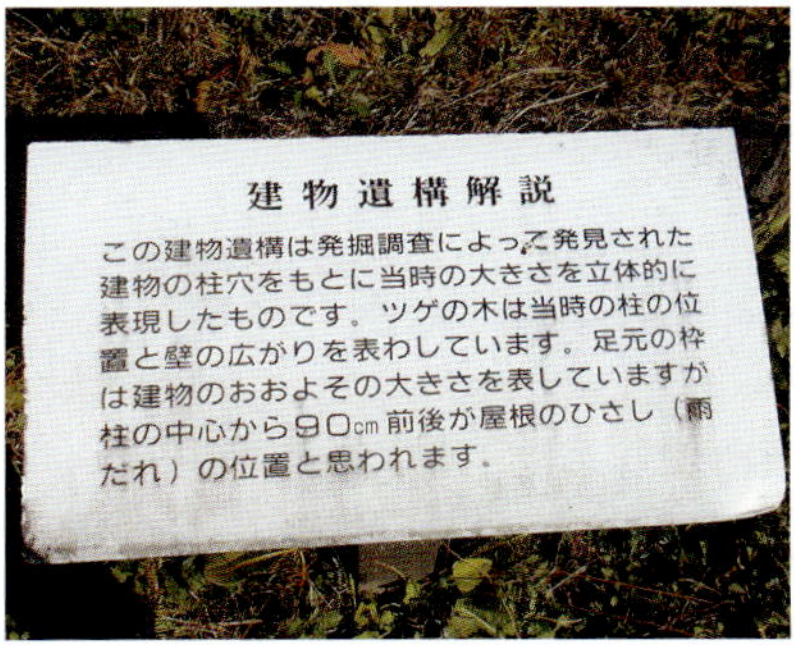

建物説明版

城郭の跡地

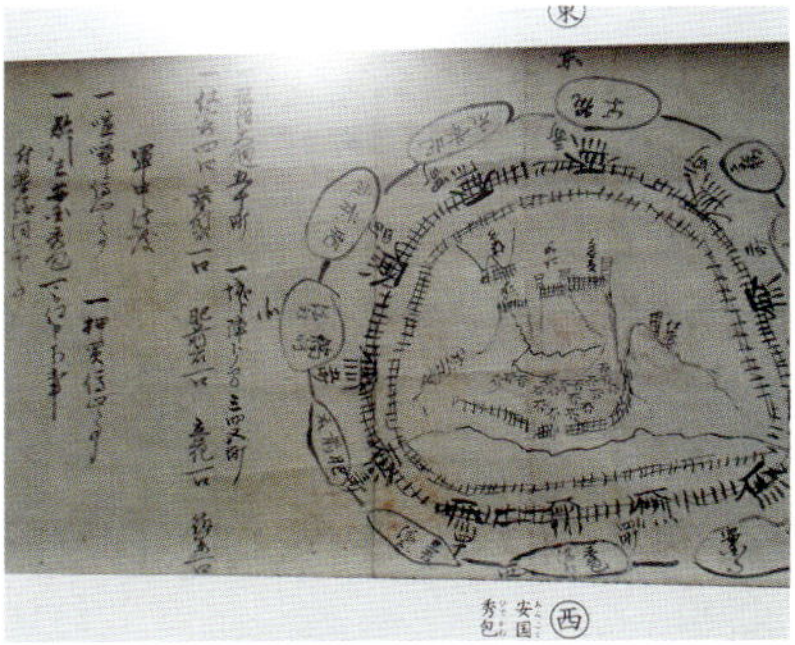

攻撃の取り囲み

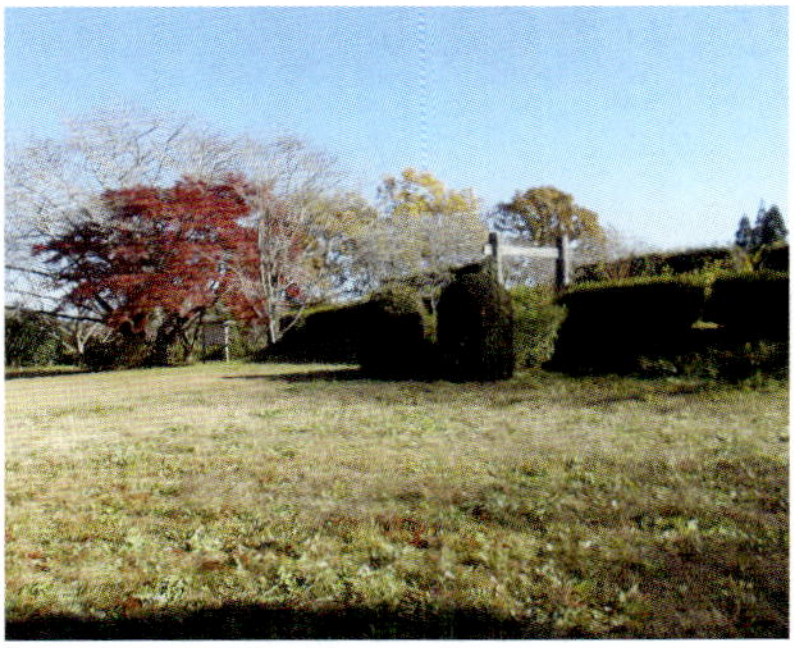

城主郭周辺の広場

戦国肥後国衆まつり　（写真提供/和水町）

三池崇史監督の映画『熊本物語』
「隧道幻想・トンカラリン夢物語」「鞠智城物語・防人たちの唄」とともに、肥後国衆一揆を題材とした「おんな国衆一揆」の3作品が収められています。（2022年制作　熊本限定版）

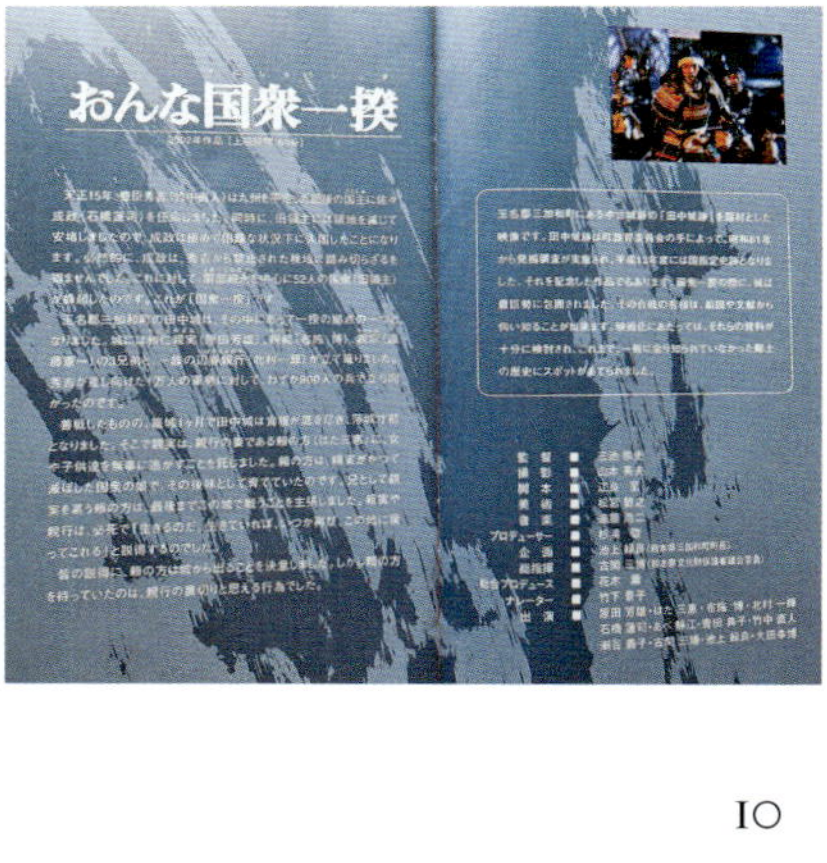

目次

はじめに

表題『氷瀑』は、戦国末期(安土桃山時代)の肥後北部の史実をもとに書いた。

天正一五年（一五八七）戦国末期の豊臣秀吉の薩摩征伐の帰路、肥後国主城久基が秀吉に隈本城を明け渡して退いた。

急遽肥後国主を秀吉から任じられた佐々成政と肥後五二人衆との間で一揆が起き、肥後国北部一帯で戦闘が繰り広げられた。検地は秀吉に禁じられていたが、成政の強引な検地命令に対する謀反とされたのが国衆一揆である。

検地に反対する隈部但馬守親永の居城、隈府守山城から佐々軍との戦が始まり、遂に肥後北部一帯まで広がった。玉名郡田中城主和仁勘解親実、守山城主隈部親永の長男である城村城主隈部親安も参戦し、さらに肥後最北の坂本城主辺春親行は妻方の一族、和仁親実と籠城参戦した。

隈部親永と佐々成政の戦は、圧倒的な軍事力を持つ佐々軍勢が勝利した。

その一揆による隈部親永の一の家老である冨田安芸守家治の奥方と末っ子の戦後の人生、「肥後戦国末期を生きた女たち」の隠遁生活を第一作『氷筍』と題し出版した。

その奥方に続き、父親安芸守家治と共に隈府「犬の馬場」で討ち死にした長男冨田飛騨守家朝の奥方の生涯をまとめたのが第二作『氷濤《ひょうとう》』である。

この二作品を出版した後、タイトル『おんな国衆一揆』三池崇史監督の映画(所蔵熊本県立図書館)が制作されていることが判明、その映画鑑賞をした。

この映画は田中城を中心に描かれている。

前著の二作は、悲惨な戦国の世を、戦で惨敗した武将の奥方たちが如何に命を大事に平和的に生きたかを後世へと伝える。

しかし、本書の『氷瀑《ひょうばく》』は守山城の戦国末期とは対照的に、敵対する肥後国主佐々成政への憎悪の念を抱き、田中城主和仁弾正忠親続の娘で辺春親行の奥方が終戦後、国主との謁見の場で国主に向かって斬り込み、その場で命を絶えるあらすじだが、『氷瀑』では和仁一族の終焉を描写した。

戦国時代を生きた女たちの極端な二つの人生観はステレオ的である。『氷瀑』の資料収集に当たっては、希少資料をもとに当時の時代を掘り起こし描写した次第である。

『氷筍』『氷濤』『氷瀑』の『氷』とは、戦国末期の恐怖の世界で生きる厳しさを意味する。

第一章

一、和仁親実とはどんな人　（出典：インターネットより）

和仁《わに》親実《ちかざね》は、戦国時代から安土桃山時代にかけての武将。肥後国田中城主。

和仁氏は古代豪族である和珥氏の末裔とされる肥後の国人。領地は一五〇町（一五〇〇〇石程）。当初は肥後菊池氏に属したが、菊池氏の没落後は大友氏に従属した。

天正一二年（一五八四）、龍造寺氏の支援を受けた田尻氏の攻撃を受けて居城を失うが、同年内に島津氏の支援を受けて奪回している。

天正一五年（一五八七）、親実は隈部親永の起こした肥後国衆一揆に同調して、田中城に弟の親範・親宗・妹婿の辺春親行らと九〇〇余の兵で籠城する。佐々成政の求めに応じた小早川秀包を主将とした、安国寺恵瓊・鍋島直茂・立花宗茂・筑紫広門など九州四国勢の援軍一万に包囲されるが、二ヶ月の間、持ち堪えた。しかし、親実は安国寺恵瓊の謀略による家臣の裏切り（辺春親行が親実を斬ったとも）に遭い討ち死にを遂げた。弟らも奮戦したが、秀吉の命令によって小早川勢による撫で斬りが行われ、田中城は落城。和仁氏は滅亡した。

「肥後国衆一揆」および「田中城（肥後国）」も参照

和仁　親実

時代　戦国時代 - 安土桃山時代
生誕　生年不詳
死没　天正一五年（一五八七）
官位　丹波守、勘解由
主君　肥後菊池氏→大友宗麟→龍造寺氏→島津義久→豊臣秀吉
氏族　和仁氏
父母　父：和仁親続
兄弟　親実、小野久右衛門統実、親範、親宗、女（辺春親行室）
子　小野成実、女

二、辺春氏とはどんな人（出典：インターネットより）

辺春城は、築城年代は定かではないが辺春《へばる》氏によって築かれたと云われる。辺春氏の出自は詳らかではないが、天文十九年(一五五〇)頃の文書に辺春薩摩守の名が「大友義鎮書状」に記されているのが文献上の初見という。

辺春氏の辺春城については諸説あり、「福岡県の城郭」によれば、地元では前河内城を本城とする説と三ノ瀬城、高須田城、熊ノ川城、前河内城、坂本城を総称して辺春城とする説があるという。いずれの城も小規模なもので、後者の説を支持する人が多いという。また、「福岡の城」ではこの熊ノ川城を辺春城として紹介してある。

天正五年(一五七七)から天正七年(一五七九)にかけて、肥後北部に勢力を拡げていた龍造寺隆信は、小代氏・大津山氏・田尻氏などに命じて辺春氏の城を攻めさせた。辺春氏は居城の切岸において手強く防いだが、さらに攻められた為、辺春氏は降伏した。

天正一二年(一五八四)頃薩摩の島津氏の勢力が北上し、肥後北部にまで及ぶと、辺春氏も隈部親泰を通じて島津氏に降り、島津義弘に謁した。

豊臣秀吉による九州征伐では、城を開けて秀吉に降り、道案内をして協力し所領は安堵された。しかし、天正一五年(一五八七)肥後に入封した佐々成政に反発した国衆が一揆を起こすと、婚姻関係(坂本城主辺春親行の妻が田中城主和仁親実の姉)のあった和仁氏に同調して田中城へ籠った。秀吉は小早川・立花・鍋島などに命じて田中城を攻めさせ、辺春氏が寝返り落城したといわれる。

熊ノ川城は上辺春小学校の北西にあり、東へ伸びた丘陵の頂部に築かれている。単郭の小規模な城で、現在主郭部は畑として開墾されており旧状は不明である。東側の尾根下に土橋を伴う堀があり、堀は横堀として北側へと続いている。石積は見あたらないが、同じく辺春氏の城と伝える肥後国坂本城と同様に、小規模ながら横堀を備える構えになっている。

三、田中城概要（出典：インターネットより）

田中城は別名和仁城《わにじょう》だ。「和仁」と書いて「わに」と呼ぶ。「わに」は古事記の「因幡の白兎」に出てくる「和邇」に関係があるのかどうか、拙者は知らない。現代でも「和仁」と書いて「かずひと」と読む苗字の人がいるが、おそらくは和仁氏と関係があるのだろう。

拙者の会社にも一人いらっしゃって、名前の由縁を聞いたところ、肥後和仁氏の末裔であり、秀吉に戦で負けたので秀吉にはばかって読み方を「かずひと」に変えた、ということだった。「秀吉に負けた」というのは、秀吉派遣の軍勢に負けたという意味だろう。信頼できる言い伝えだと思う。

さて、田中城について調べてみると、その来歴についてはよく分からない。築城についても、いつの頃か不明であるが、和仁氏の築城によるものだろう、ということくらいしか分からない（新人物往来社「日本城郭大系18」）。

田中城の北西の切り立った壁面に、文明三年（一四七一）南無阿弥陀仏と刻した磨崖仏があり、田中城の安泰を祈念して作られたという地元の言い伝えがあるというが、はっきりしない。その頃にはすでに築城されていたのかもしれない（現地案内板）。

和仁氏についても、戦国末期より以前はよく分からないようだ。現地案内板によると、永正五年（一五〇八）和仁親貞《わにちかさだ》が本領を宛行《あてが》われている、あるいは宛行っているという小野家文書が初見という（現地案内板）。田中城の西側に磨崖仏がある。

くだって、天文一九年（一五五〇）菊池義武に加担して筒ヶ嶽城《つつがたけじょう》の小代氏を攻撃した三池・大津山・辺春・東郷・大野氏とともに和仁弾正忠の名がみえるという（新人物往来社「日本城郭大系18」）。

また同じ年（天文十九年（一五五〇））に和仁親続は三池・溝口・西牟田・辺春氏とともに田尻親種を鷲尾城に攻めた、という（荒木栄司氏「肥後古城物語」）。

このの ち和仁氏は大友氏に属したらしい。

弘治二年（一五五六）五月、肥後南関・大津山城の小原鑑元が大友義鎮に叛旗を翻した際、和仁親続は攻城側で参戦したという。また、耳川の戦いののち、龍造寺隆信が筑後の蒲池鑑広を山下城に攻めると、和仁親続は山下城救援のため大津山家稜・辺春親運とともに出陣した（荒木栄司氏「肥後古城物語」）。

その後、天正七年（一五七九）五月下旬、龍造寺勢が田中城を攻めたが、このときに和仁氏は龍造寺氏に従属したらしい（荒木栄司氏「肥後古城物語」）。

ただ、向背はかならずしも一致しなかったようだ。

天正一二年（一五八四）龍造寺氏と田尻氏は、和仁氏の城を攻撃したが前もって田尻氏が工作しており、城はたやすく陥ち田尻石見守に与えられたという。文脈から考えると、和仁氏の城というのは田中城のように思える（新人物往来社「日本城郭大系18」）。

しかし、天正十二年（一五八四）十月四日、和仁氏は高瀬の島津陣屋に出向き、島津氏が帰順を許してくれたことに対して礼を述べた、と上井覚兼の日記にあるというので、龍造寺氏から離れ島津氏についたか、あるいは両天秤にかけたのか、分からない（荒木栄司氏「肥後古城物語」）。

龍造寺隆信が沖田畷で戦死するのが天正一二年（一五八四）三月二十四日なので、その混乱に乗じた和仁氏が田尻氏に奪われていた居城を奪回したのか、島津氏の支援で本領を回復したのか、分からない（新人物往来社「日本城郭大系18」）。

いずれにしても、昨日の味方は今日の敵とばかりに臨機応変な対応をとっているらしく、大勢力に挟まれた国人領主の生き延びようとする力強さを感じる。

いつのことかは不明であるが、このあたりで和仁氏の家督は親続から親実《ちかざね》へ引き継がれたらしい。そして天正一五年（一五八七）、秀吉の九州征伐に際して和仁《わに》親実《ちかざね》は秀吉に降参した（荒木栄司氏「肥後古城物語」）。

このとき親実は百二十町の本領を安堵された。そのほか肥後の諸将で所領を安堵されたものは五十二人に達したという（隈部親養氏「清和源氏隈部家代々物語」）。

秀吉は島津義久降伏ののち、九州の国割りを行い、肥後一国は羽柴陸奥守こと佐々成政《さっさなりまさ》に与えた。成政への肥後一国宛行状は天正一五年（一五八七）六月二日付であるが、五月晦日には内定していたようだ。同日付の大矢野種基《おおやのたねもと》への朱印状には「羽柴陸奥守に与力せしむ」とある。

また肥後国衆に対しても六月二日、領知安堵状が与えられた。この安堵状には、領地の所づけ目録は成政から受け取ることが指示されていた（山川出版社「熊本県の歴史」）。隈部親永《くまべちかなが》宛の朱印状には、「領地所付上中下相分従成政目録別紙受取全可知行候也」とある（隈部親養氏「清和源氏隈部家代々物語」）。

そこで、成政としては国人衆に領知を配分し、知行目録を交付する必要があったので、国人衆に対して所領の実態を調査するために差出しの提出を求めた。これを肥後国人衆は領知権の侵害であると感じたらしい。（山川出版社「熊本県の歴史」）

言い伝えによると、佐々成政はまず隈部《くまべ》但馬守《たじまのかみ》親永《ちかなが》に対して、所領を検地したうえで八百町を渡す旨を申し渡したが、隈部親永は秀吉の朱印状により拝領したものであると断り、居城の隈府城《わいふじょう》に引き籠ったという（隈部親養氏「清和源氏隈部家代々物語」）。

佐々成政は怒り、八月六日部将の佐々《さっさ》宗能《むねよし》に兵を与えて隈府城を攻めさせたが、隈部親永は固く守り、また反撃を加えた。そこで佐々成政は、国人衆の兵を加えた六千人をみずから率いて隈府城を攻め立てた。親永は子の山鹿《やまが》親安《ちかやす》（隈部親安）の居城・城村城《じょうむらじょう》に親安および住民とともに籠城した（山川出版社「熊本県の歴史」）。

隈部親永がなぜ城村城に立て籠もったのか、よく分からない。言い伝えでは、佐々成政が自ら隈府城を攻めたとき、子の隈部親安は攻城側にいたが、親に弓引くことを人倫の道にあらずと考え、親永と連絡をとり合い、佐々成政を挟撃する手はずを整えた。

しかし、隈府城に籠もる多久大和守宗員《たくやまとのかみむねかず》が裏切り、成政に内通したので、親永は打って出て血路を開き、子の親安とともにその居城・城村城に籠ったのだと云う（隈部親養氏「清和源氏隈部家代々物語」）。なお、一説に、多久宗員の裏切りは有働兼元《うどうかねもと》とともに立て籠っていた隈部館（永野城）でのことという（荒木栄司氏「肥後古城物語」）。

主戦場は山鹿の城村城に移り、佐々成政は城を見下ろす日輪寺山に陣を構えた。佐々勢は城村城を激しく攻め立てたが、城兵の守りは固く、かえって佐々右馬頭《さっさうまのかみ》を討たれるなど苦戦している（隈部親養氏「清和源氏隈部家代々物語」）。

このとき、甲斐親房・赤星氏・城氏・詫摩氏ら三万五千の兵が、佐々成政の居城・隈本城に攻め寄せた。成政は、城村城に対して付城を築いて兵を籠め、急ぎ隈本へ引き返した（山川出版社「熊本県の歴史」）。

隈本城を攻めたのは、菊池香右衛門《きくちこうえもん》や甲斐宗立《かいそうりゅう》といわれる。佐々成政は兵を二手に分け、佐々宗能《さっさむねよし》に兵三百を与え吉松（現植木町）経由で、自らは合志経由で寺原《てらばる》から隈本城へ向かった。

国衆ら一揆勢は隈本城の出城である千葉城を攻めていたが、そこへ佐々成政が攻めかかり、千葉城からも神保安芸守《じんぼあきのかみ》が打って出て一揆勢を坪井川に破り、成政は無事入城できたとされる。一方の佐々宗能は途中で霜野城主・内空閑鎮房《うちくがしげふさ》に攻められ討死した（荒木栄司氏「肥後古城物語」）。内空閑鎮房は隈部親永の次男、つまり隈部親安の弟である（隈部親養氏「清和源氏隈部家代々物語」）。

隈本城に戻った佐々成政であったが、隈本城を攻める一揆勢の勢いはなお強く、危機的な状況であった。このとき、一揆勢のなかの早川城主・渡辺氏が佐々方へ寝返ったため一揆勢は混乱、退散したという。渡辺氏が寝返った理由は、隈本城に阿蘇大宮司惟光《あそだいぐうじこれみつ》がおり、大宮司家の安泰、再興を望んだためといわれる（荒木栄司氏「肥後古城物語」）。

隈本の安全を確保した佐々成政は、自力では一揆鎮圧を無理と判断したのだろう、柳川城の立花宗茂《たちばなむねしげ》に救援を求めた（隈部親養氏「清和源氏隈部家代々物語」）。

肥後国衆一揆に対して、立花宗茂は九月七日付で、出陣のうえ成政と相談し一揆勢を成敗するよう秀吉から命ぜられていた。また秀吉は、九月八日の朱印状で小早川秀包《こばやかわひでかね》を総大将、安国寺恵瓊《あんこくじえけい》を軍監として筑後・肥前の諸将を肥後へ派遣し、後詰めの小早川隆景《こばやかわたかかげ》も久留米城に入った（中野等氏「立花宗茂」）。

城村城に対峙する付城では食糧が不足していたので、佐々成政は立花宗茂に補給を依頼したといわれる（荒木栄司氏「よくわかる熊本の歴史（2）」）。

立花宗茂は弟・三池宗永を大将に、立花三左衛門、天野源右衛門、小野和泉、十時摂津ら三千余騎にて城村城へ向かい、十月九日、付城の佐々方へ兵糧・弾薬を運び入れた。（隈部親養氏「清和源氏隈部家代々物語」）

ここで、田中城主・和仁勘解由親実《わにかげゆちかざね》が登場する。和仁親実は一揆勢に加担するために、城村城へ兵糧を運び入れる立花勢を討とうとしたが、立花勢はすでに付城に兵糧を運び入れたあとだったため、その帰還途中を襲うこととし中村治部以下百余人、坂本城主・辺春《へばる》親行《ちかゆき》から芋生摂津守以下百余人、つづら嶽城主・大津山《おおつやま》家稜《いえかど》より中村出羽以下百余人、計三百人の部隊を編成して立花勢を待ち伏せ攻撃した。

立花勢、和仁連合軍ともに多くの死傷者を出したものの双方ともに決定的な損害を与えるまでに至らなかった（隈部親養氏「清和源氏隈部家代々物語」）。

和仁《わに》親実《ちかざね》は田中城に籠城し佐々成政に敵対する姿勢を明確にした。親実の姉婿である辺春《へばる》親行《ちかゆき》も一族とともに田中城に籠城した。一方、大津山家稜は大田黒城に籠城した（荒木栄司氏「肥後古城物語」、「よくわかる熊本の歴史（2）」）。

四、なぜ肥後国衆一揆は起きたのか

肥後国衆一揆の歴史的背景には、豊臣秀吉が日本全国を統一するための最後の戦いの場となった「九州征伐・薩摩征伐」がある。

薩摩領地を維持しつつ九州方面で権力を保持しているのが島津義久である。

天正一五年(一五八七)豊臣秀吉は九州征伐のための総力をあげ十万の大軍勢を引き連れて大坂城を出立。船で小倉に上陸。

天正一四年三月豊後国大友宗麟が大坂に上がり秀吉に薩摩征伐を請うたことから薩摩征伐の出陣となった。

九州小倉から肥後を南下し薩摩出水にて薩軍と対峙、ほぼ九州の半分ほど支配勢力を拡大していた島津義久は、薩摩川内の泰平寺にて、剃髪して降状した。

そのため義久の命は守られたが、領地は薩摩、大隅、日向諸県の領地とされた。はげしい戦いをすることなく島津氏を降伏させ、勝利した豊臣秀吉。

その凱旋の帰路、肥後隈本城城主であった城基久が城主を自ら去り、隈本城主が空席となった。太閤秀吉はその後任として薩摩征伐に従軍した優れた武将佐々成政を肥後国主に任命した。

肥後国主への任命は、あまりにも唐突過ぎた。光栄な戦勝褒賞であったが、秀吉は肥後国主に任命したものの、肝心な禄高までは与えなかった。

ただ、与えられたのは肥後統治の朱印書の誓文だけである。新国主として熊本城主となった佐々成政は、一人身ではなく、大勢の家臣を養わなければならない責任を負った。

成政は禄高なしの肥後の殿様として、どのようにして家臣たちを養っていったらよいか、どのようにして部下の処遇を果たすべきか一番の難問ついて苦慮する。

そこで成政は隈本城内で側近たちを集めて、どのようにして国主を務めるべきか重臣会議を開いた。

佐々成政側では、幾多の城内談義を開き、その結果たどり着いた結論は「検地を新しい尺度で再度やり直し、それを新領地とすること」であった。

天正一五年(一五八七)七月一日、佐々成政は肥後の国衆五二人衆と隈本城で謁見の場を開き検地を命じた。

その場で肥後国主からの提案として、「再検地をせよ」と申しつけた。

その検地のやり方は、現行の検地面積より狭い面積にして、農地面積を増やし、その増加した分を国主の禄高にし、部下を養うこととした。肥後領地の国衆たちは、拠出する年貢が増加することになり、領地からの禄高が減少することになる。

新国主、隈本城主佐々成政と肥後の国衆五二人衆の謁見の場にて、佐々城主側から説明、権力により、いち早く、新検地方式で測量を開始するように命じられた。

これに、猛反対する五二人衆たち。しかし武力、戦力では到底勝つ見込みのない肥後国衆たちであったが。

つまり、既存の秀吉により領地を安堵された肥後国衆たち五二人衆、領地のピン撥ねに激怒して猛烈に反対した。

謁見の場では強い反対の意でお互いに隣同士の間でどよめいた。

そのどよめきの場から、隈部親永が異議ありと挙手して城主に納得のいくよう再考を訴えた。

しかし、新国主側は身内の事前打ち合わせ会で決定したものであると強く答弁。

この検地の方法についてはすでに、豊臣秀吉から安堵されたものであり、新方式検地には腑に落ちないことを強く意思表示をした。

この時点で、すでに国主の命令に従わない謀反と決められて国衆一揆への動きとなった。

それは、最初の検地を命じられたのは、隈部親永の領地、北肥後地域であった。

隈部氏の領地は、菊池川水系を中心とした豊かな穀倉地帯にあった。

七月十日、武力を持して国主に検地を断ったので、ついに佐々軍勢が、命令に従わない謀反とし隈部氏の居城、隈府の守山城へ進軍を開始、敵手軍勢を隈府にて戦うことになった。

隈部氏側も重臣を集めた軍議を幾度も開催、多勢に無勢、戦力に勝る佐々成政軍六〇〇〇ほど、隈部氏軍勢は千数百。菊池隈府の守山城の真下にある「院の馬場」を主戦場として対峙し開戦した。

隈部親永の重臣多久大和守が佐々軍へ寝返り、味方戦力は減少した。そんな中で、佐々成政との和議のため第一家老冨田安芸守の一〇歳の二男を人質として隈本城へ送ったが和議は実現しなかった。

天正一五年(一五八七)七月二八日夜明け時、隈府「院の馬場」一帯で最後の激戦を展開し、隈部氏側は壊滅、一の家老冨田安芸守、冨田飛騨守は討ち死にした。

この作戦のポイントは、勝ち目のない戦い、守山城城主の隈部親永は、負け戦を認めることなく戦力の立て直しのため、長男隈部親安の居城、岩野川沿いの城村城へ退避、そこで長男親安の軍勢とともに再度佐々軍と戦う。

最後は佐々軍と和解し城村城を明け渡し、親永は柳川の立花家に身を預けられ、立花宗茂の計らいで、武士の名誉を高く保つため「柳川黒門橋の戦い」で没した。

城村城陥落に続いて、玉名三加和の田中城で和仁氏が、国衆一揆の最後の拠点として蜂起した。

ここに田中城の和仁氏と佐々軍との最後の合戦が始まる。

田中城は肥後北部にあり、筑後との国境に近い山間の地。南筑後の八女は筑後の最南端にあり、肥後との境界に位置している。その肥後側に、肥北の城、坂本城があり、辺春氏が肥後国防人に任じられていた。

その坂本城主辺春親行の奥方は田中城主和仁氏の娘。この地域を領地とする和仁氏にとっても、佐々成政の新検地のやり方について、和仁氏は意義があった。豊臣秀吉に安堵されている隈部親永の強みに同調する肥後国衆の一人であった。

ここに守山城から始まった肥後国衆一揆が三加和田中城の最後の戦場と連なった。地理的に筑後に隣接する田中城、戦う相手も、佐々軍と直に戦うだけではなく、筑後、肥前の地域の軍勢とも戦うことになった。

天正一五年一二月五日、二か月間ほど続いた対峙は筑後の国境に近い坂本城主辺春親行の内部からの裏切りで落城した。

三加和の肥後国衆一揆は、このようにして要塞化した籠城の戦況下で繰り広げられたが、このようにして終結した。

五、和仁一族と田中城

玉名郡三加和の和仁一族は天正十五年の新国主佐々成政の隈本城主就任当時、和仁親続氏の四子の誕生に始まる。
最年長子は娘で辺春親行に嫁ぐ。長男(禅正)親実、二男親範。三男親宗の三兄弟たちが戦国末期の田中城の栄華時代である。

この三兄弟、年も近くなかなかの元気者、和仁川沿いの平山城で育ち、家督相続した長男和仁親実を城主として、親範、親宗たちが重臣として仕えていた。

・・・・インターネットの資料によると・・・・

和仁親実《ちかざね》は次のように紹介されている。

戦国時代から安土桃山時代かけての武将　肥後国田中城主。古代豪族である和仁氏の末裔。領地一五〇町　一五〇〇石

当所は菊池氏に属し、菊池氏没後　大友氏に従属。

天正一二年(一五八四)の支援を受けた田尻氏の攻撃を受けて居城を失う。

同年、島津氏の支援を受けて奪回。

天正一五年(一五八七)親実は隈部親永の起こした肥後国衆一揆に同調して、田中城に弟の親範、親宗、姉婿の辺春親行らと　九〇〇余の兵で田中城に籠城。

肥後国主佐々成政の求めに応じた小早川秀包を主将とした安国寺恵瓊、鍋島直茂、立花宗茂、筑紫広門など、九州西国勢の援軍一万に包囲されるが、二か月近く持ち応えた。

しかし、親実は、安国寺恵瓊の策略による家臣(辺春親行)の裏切りに遭い討ち死にを遂げた。

弟らも奮戦したが秀吉の命によって小早川勢に斬られて、田中城は落城した。

田中城の別名は和仁城、舞鶴城。海抜一〇四m、城のつくりは平山城、比高六〇m　和仁川の東に位置し　町は西側にある。

・・・

六、辺春能登守親行について

辺春姓は筑後国八女の辺春の庄の地名に由来、

肥後国衆一揆の一人、隈部親永らの起こした肥後国主佐々成征の検地の強硬に反発したことに賛同し、和仁親実の田中城に籠城した。

田中城の城主、親実は、親行の嫁の弟だったので加勢するために入城した。

その後、辺春親行の裏切りにより城主親実は城内で討ち死にして田中城は落城し戦は終わった。

その後、親行は秀吉公の恩赦を受けることなく和仁一族とともに処刑された。

七、坂本城

辺春氏の居城は肥後坂本城、肥後最北端の山城。北は筑後国に接し、北の防人の役を果たした。

坂本城は筑後と肥後の境。国境から、わずか数一〇m肥後側に入った所にある。そのため筑後の国領地の熊の川城まで北へ一二．九km 高乃城まで六．三km 三ノ瀬城まで九km 国見岳城まで九．七kmの範囲内にあり、近隣城との相互交流もあったものと思われる。山城(三〇〇/八〇m)、別名は、辺春城。玉名郡和水町山十町（三加和町の最北端）坂本地区にある。山鹿市から一〇．七km

戦国時代の城の数多は砦、見張り番的な出城が多い。

もともと辺春氏は筑後国の辺春の出身、姓を出身の地名で名乗ったことに由来する。江戸時代までは姓・苗字は身分制度で民百姓は姓を持たなかった。ただ、親に呼ばれた名前だけが使われていた時代、「太郎、三郎、五郎」など。

明治時代に戸籍法ができたので、民百姓にも姓・苗字が必要となり急遽、民百姓は苗字と親がつけた名前を戸籍簿に登録されるようになり現在に至っている。だから、江戸時代までは為政者、身分の高い者は公的な場で姓・苗字を使う習慣となっていた。また、面白いことは、仕える者の身分の高い支配者から姓・苗字を授けられて、公式の場で与えられた姓を名乗ることができた。

家系によってはご先祖の変遷の流れがある姓もあり、興味深い。自分の姓のルーツはどこから発しているのか。追及することも歴史的姓の誕生を学ぶことも面白い。

その関係で、肥後の田中城とは少し離れた位置に坂本城はある。田中城と坂本城は肥後国最北端の防人の役割を担っていた関係で、和仁と辺春氏の接点は不可欠。そこで、和仁氏の長女を辺春親行の元へ嫁ぐ政略的環境は整っていた。

この相関関係から、国衆一揆の最終章の戦いで、和仁氏が滅ぼされた運命のきっかけは辺春氏の裏切りだった。

田中城の包囲網の中の戦場で和仁氏側の内部結束が崩壊し、和仁親実は籠城する城内で殺害されて敗北する。唯一の出来事は辺春氏の内部謀反によって引き起こされた。

第二章

一、田中城の守りと籠城

田中城には田中親実の姉婿邉春親行が坂本城から戦に備えて入城、籠城軍勢は両軍あわせて九〇〇、それに対して敵陣は一万。

城の北側に鍋島直茂、西に安国寺恵瓊、南に立花宗茂、東に佐々成政の布陣。圧倒的に多勢に無勢の戦力合戦。軍勢から見れば、すぐにでも田中城を落城できるように思えるが、東西南北の四方からでもなかなか攻め落とせなかった。

二、坂本城から田中城へ援軍　(田中城へ援軍派遣)

坂本城は標高三百メートル、筑後国境まで一〇メートルとほぼ国境の上に位置する。周囲は小さな山並みの尾根で連なり、九州の山岳地域へつづく。そのような山間地にある小さな城である。

この坂本城から田中城への往来する道は、両脇の山々の裾を流れる川沿いに南下し、和仁川近くの田中城にたどり着く狭い山道である。途中、領地の百姓のすむ村、山仕事に携わる村が点在する。

南関は、その西側にあり、南関の山間の北西に筑後柳川がある。

坂本城を出て、田中城に向かう道は、山十町を出て、上和仁、中和仁を通り、城のある和仁にたどり着く。

この道で坂本城と和仁の田中城を往来した。

辺春親行が率いる援軍の田中城への通路だった。

肥後国主に任じられた隈本城主佐成政は新しい検地で再検地を断った肥後五二人国衆を謀反者として力による強行手段で確実に征伐するしかなかったので、肥北の隈部親永を最初に制裁を科す正当な理由として、守山城(城主隈部親永)を攻めた。隈部親永は戦闘態勢を立て直すために、冨田安芸守と冨田飛驒神が院の馬場で佐々軍陣地へ進軍している間に、長男隈部親安の居城城村城へ退却した。

ここに守山城の延長した第二の国衆一揆の戦場となった。日輪寺の小高い丘の上に佐々陣地を築き、岩野川を挟んで対峙した。

佐々軍の増強した援軍についに大敗。城村城の開城により、隈部親永一族は柳河城へ親安は小倉城へ預けられた。

肥北の一揆は終わったかのように思えたが、最後に柳川や筑後方面から肥後国へ下る道に南関郷を通る交通の要所に和仁川沿いの小高い丘に田中城があった。田中城の城主和仁親実をはじめ三兄弟がこの地域を統治していた。和仁一族は戦国の和仁親貞を先祖とする国侍の一員であった。

隈部親永の謀反に賛同した和仁親実なので、新肥後国主佐々成政の侵攻は避けられないとして、小さな平山城に肥北の豪族に応援を求め、着々と一揆合戦の準備に取りかかった。

そして、ついに侵攻が始まり、肥後国主佐々成政殿の応援の要請を受けた筑後国の立花宗茂、鍋島直茂、小早川秀包の九州勢、中国の毛利氏征伐を任じられていた安国寺恵瓊の援軍も加わり、総勢兵力一万で田中城を四方から包囲した。

他方では、田中城は大掛かりな戦経験のない兵力九〇〇程度が狭い田中城楼閣に結集した。

辺春親行(坂本城主)(一五四三〜一五八七)の妻時子は和仁親貞の娘、城主和仁親実の三兄弟の姉で和仁親実の一族。

この時期、戦に実家に当たる田中城の危機について、夫親行以上に心配し、何としてでも田中城の守備に馳せ参じたくてたまらなかった。

そんな愛妻時子に辺春親行はこの一揆合戦について、

「なあ、時子、そなたの心配の大きさは計り知れないけど、肥後国主になられた佐々殿への不満はやるしかない。

肥後領地を先に秀吉様に安堵されて朱印状まで隈部親永様にお渡しなされていたものだが、再度領地の検地をせよとの命令には肥後国衆は誰一人として腑に落ちないからね。それでこの一揆の戦いがおきたのじゃからなぁ」と。

佐々成政国主への検地命令に納得できなかった。

「それは存じ上げてましたが、新しい肥後の御殿様は、どうして、強引に検地をするように命じなさるのでしょうね」と時子が言う。

「わが領地は山間地帯で、曲がりくねった田んぼが多くて、測量も大変だよ。どうやって測り、面積を決めていくのか大ごとだぞ」と親行。

「御殿様は、ずいぶんご無理をなされる御殿様なんですね」

「そうらしいと噂を聞いているが、本当らしい。次は田中城を攻め落としたいらしく、隈本城の兵だけでなく、筑後の城主にも兵を出すように懇願したらしいぞ」と親行。

「そうだとしたら、田中城のような小さなお城は、あっという間に陥落してしまうわよ」と心配な表情で時子が。

「そうだよ。この坂本城を捨ててでも、親実殿を助けないと、儂の武士魂が許さぬからなぁ」と親行。

「筑後の兵と佐々殿の兵に囲まれながら戦う決死隊になるかも分らんからなぁ。田中城へ向かうしかあるまい」と坂本城を留守にして百人たらずの兵を率いて出発した。

その一軍の中に、妻時子も女装姿で長刀を片手に携えて、嫁ぐまで過ごした和仁川を眺められた思い出多い懐かしい田中城へ向かった。

三、和仁一族と辺春親行の合流

田中城に到着すると

「坂本城主辺春親行と妻時子が助っ人に参った」と親行が大門の守衛に声をかけた。

すると、田中城の本丸の高いところから、

「おお、兄者殿、よくぞ馳せ参られたなぁ。さぁ、こちらへ参られよ」と城主親実が嬉しそうに出迎えた。

「今度の戦、ただごとではないぞう。戦に慣れた佐々軍勢、それに筑後からの援軍とあって、大掛かりな合戦となるわ」と親実。

「親実殿、佐々殿の国主に任じられたのは良いが、再度検地をやり直して、新しく領地を届け出よとのこと。天草を始め肥後国衆は全く解せぬ命令をくだされたのだから、われらを取りつぶすようなもの。命を懸けた大戦となってしまうたのじゃのう」と親行。

「兵力は少ないが、我ら四人で四方を護り固めて最後まで戦うことしかないからのう。お互いに無事で戦うことを誓おう」と親実。

「兄者が着いたばかりだが、すぐ戦法の作戦を話しあおう」と他の弟、親範と親宗が、いかにも義兄親行の到着を待っていたかのように首を長くして満面の笑みを浮かべ申し出た。二人は力強く肩を抱きしめていた。

「おお、早速、軍議を今から開こう」と城主親実が三兄弟の兄貴らしく振舞った。

「そうだ、時子も良ければ一緒に進めたらどうだろうな」と気を配り親行が誘った。

これで城を護る五人の重鎮の軍議が開かれた。

「初めに、狭い城の守りを固めたいので、四方の守備陣地の総大将から決めたい」と城主親実。

他の四人はうなずき相づちを打って了解した。

続けて、

「東側は、佐々軍勢が攻め込んでくるだろうから、この儂が就く。親行兄者は西側に、南は親範、北は親宗に就いてもらいたい。よろしいかな」と念を押し確認。

他の三人は了解した。

しかし、

「時子姉には、炊飯に従事しつつ負傷兵の看護をする他の女人たちと動いて欲しい」と時子の顔をしかと見つめて支持を下した。

もちろん、時子も、

「はい、かしこまりました」と顔を少し下げて確認合図を示した。

さらに、時子の部下には、三人の弟たちの奥方たちが従う構図になった。

これで田中城の主な布陣は決められた。

後は、各陣地の兵士の配置をどのように考えられるかについて、初陣らしくいろんな対峙戦法で攻防の仕方を話し合うだけだった。

敵手は豊富な実戦の体験を持つ強者軍団である。

迎え撃つ和仁軍団は、農山間地域でのんびりと暮らす戦経験に乏しい領地内で編成された素人軍団と言っても過言ではない。

それだけに、この狭い田中城、各陣地を固める指揮官は、この四人で守りを固め、攻め込んだ敵手を撃退する戦法で城を守った。

この田中城は、本当に和仁川と田んぼに囲まれた小さな小高い丘である。

しかし、小さな丘と言えども、淵は急斜面で、真下からよじ登り攻めることは困難で危険すぎる城。

だからこの地に一族が城を構築した所以である。

数十メートル急斜面を上るには、梯子を使わないと動けない地形。

敵手を迎え撃つ戦術と鉄砲、弓矢、槍、刀で戦う交戦の進め方を上手く振舞うことしかなかった。

なにしろ、佐々軍勢のように実際に数多の戦を乗り越えた経験はなく、南関郷の一帯から集められた兵士たちが主であった。

戦場の模様は、合戦経験の多い敵手と経験の少ない田舎の素人兵との合戦を想定できるほどのものだった。

籠城のための兵糧は田中城周辺の和仁川沿いの田んぼで収穫した米や麦を百姓たちから確保して、長期戦に耐えられる構えで籠城に挑んだ。

これで田中城はいつでも戦闘状態になっても戦える準備は整った。

「さぁ、来い！」と戦いを構えた城となった。

四、敵手側の攻めの布陣

小さな田中城を一万の兵で攻める佐々成政肥後国主側は小さい平山城、急斜面に囲まれている高さ四七メートル、こんな城は、外見は一挙に攻め落とせるように思われるが、なんと戦国時代武将の居城、そう簡単に攻め落とせない要塞だった。

攻撃を前にして、集結した軍の総大将たちで攻めの作戦会議を何度も協議した。

そこで、東側は佐々成政軍勢、北側は鍋島、西側は安国寺恵瓊、南側を立花軍で攻め込むことを確認した。

佐々軍側の攻撃手段は、鉄砲、弓矢、槍、刀で戦う戦術。

また、夜襲や城壁を駆け上るために特別の長い梯子部隊も投入された。

また、この軍勢の総大将は中国攻めを豊臣秀吉に直に派遣されていた安国寺恵瓊が秀吉の直命で中国から一軍に就いた。


この戦いのすべてが安国寺恵瓊を中心に戦闘に取り組む組織となった。

肥後国主佐々軍、鍋島軍、立花軍の三軍は安国寺恵瓊の作戦翼下に置かれた。


この軍勢では、安国寺軍、佐々軍は、他軍となり、戦国時代の各方面での征伐に従事した戦馴れした優れた軍勢であった。

総軍勢は一万人だから、籠城している和仁軍は、いかにもひ弱な軍勢であった。

そこで、安国寺恵瓊の軍師的才能を発揮して、筑後国境にある坂本城主、辺春親行に如何に犠牲を少なく戦を運ぶかを思考し、筑後に馴染のある辺春親行と謀反起こす交渉を始めた。

交渉の内容は、場内で謀反を起こさせて和仁一族を降状させることとした。

その手柄褒賞として、辺春氏に和仁氏の領地半分を与えること、秀吉公に命の保障をすることを直に秀吉に願い出ることなどを条件に申し出た。

矢文を受け取った辺春親行は情が絡み葛藤に遮られて素直に申し出を受け取ることは踏み留まった。

秋も深まり、百姓衆は稲の収穫も終えて、冬の麦の種まきを終えていた。その田んぼも今は、合戦の戦場となり、佐々軍勢の駐屯する場所へと変貌してきた。

田んぼの土地は、一万の兵士たちに固く踏み固められ、兵士たちの生活の場と化した。

その光景は高い田中城から見下ろされて、まるで目前にある舞台のようだった。

なかなか勝敗を決する合戦が始まらない。両陣営の駆け引きと睨み合いが続く。佐々軍は和仁軍の一〇倍の戦力である。

戦わずして、勝敗は決まったようなものであるが、和仁親実の総大将の戦意は衰えることなく武士魂が籠城生活を長引かせていた。

そんな中、季節は日一日秋から冬へと過ぎるごとに冷たい北風の吹く季節へといつの間に進んできた。

夜の冷え込みが兵士の身に堪える寒さ、気温が下がり、兵士の中、風邪をひく者など、体調の不具合も多く生じ始めてきた。

戦による負傷に加えて、病的な環境とも戦わなければならなくなってきていた。

辺春親行の妻、時子をはじめとして、城内の女たちは比較的健康なので、病める兵士たちの看護にも努め始めた。

「季節が変わり、寒くなってきたので、兵士たちも大変だと思うから、女子衆で力を合わせて、お手伝いをいたしましょう」と時子。

続いて、親実の妻、藤子が

「私は負傷兵の傷の手当をしますからね。夏子ちゃん(親範の妻)は体調が悪くなった兵士さんのお世話をお願いしますね。桃子ちゃん(親宗の妻)は、他の女衆と炊事担当をお願いしまね。本当に、ここは今、私たち女たちの戦場なんだからね。この乱世の戦国時代に生まれてきた私たち、女衆も死を覚悟して男衆に負けぬよう戦いましょうね。よろしくお願いします」と。

田中城内は男女の区別なく共に臨戦態勢の城と化していた。

田中城は男衆の戦いの場でもあり、女衆の戦いの場でも顔には化粧にかわり大粒の汗水であった。

とにかく、総勢九〇〇軍勢の和仁陣地、狭いお城の中は、人ゴミの中を全身全霊で、与えられた自分の持ち場で責任をもって従事するしかなかった。

田中城は田んぼの中に、四七メートル比高の地、敵手陣地から城の頂上の内部までは見通しは困難なので、焚火、炊事も、守山城と違って周りに気を使う必要はなかったことは恵まれていた。

もちろん、城の周りは、敵手が容易によじ登れないように深い螺旋状の堀、太い丸太の柵に囲まれていたので、完全な要塞でもあった。

この籠城では、暖を取るために周りの山々から木材を伐採して、米などの食料と同様に籠城するための兵糧を十分に蓄えていた。

第三章

一、合戦前の敵手陣営

今回の国衆一揆勃発について、秀吉公は許しがたい謀反として全国統一の妨げとなったことを怒り、容赦なく壊滅させる意を示し、肥後国主の力では長引く戦は生ぬるい戦いとし、中国地方へ派兵していた安国寺恵瓊に九州派兵を命じた。

ここに安国寺恵瓊が九州勢の鍋島直茂、小早川秀包、立花宗茂と佐々成政の軍勢総大将に投入された。

安国寺恵瓊の派兵は、肥後国主の要請ではなく、秀吉公の戦略であった。

そうそうたる軍師の安国寺恵瓊は、田中城を取り囲み、城の西側を流れる和仁川近く比較的展望の良い場所に己の陣地にして、各大将四人を集めて攻撃の方策についての軍議等を開いた。

「儂はこの度、この戦を収めるために秀吉公から九州へ赴くよう直に命令があり、急遽、この諸大名の方々と同じくして戦うようにとのこと。喜んで参り候。よろしくお頼み申す」と。

初軍議の場にて挨拶。

これから勝利するまですべて同じくして敵陣へ攻め込む作戦の軍議を頻繁に開き、戦法で落ち度の無いように配慮した。

佐々成政肥後国主は七月から数か月間も合戦で数多の苦労もあったが、この合戦が最後の戦いとなることを願っていた。

もちろん、総指揮は安国寺恵瓊、東陣地は佐々成政、北陣地は鍋島直茂、西陣地に安国寺の本陣、南側に立花宗茂(左近)で布陣、攻めることにした。

何しろ、東西南北の四陣地の真ん中に田中城の高い丘があり、指揮命令の伝達が一瞬にできない難しさがあった。

昼間の狼煙にしても、風に吹き流されたりして、周りには田中城より高い山があり、高い小山に遮られて実戦に向かない。丸く円形に取り囲んだとしても、細かな作戦を実行することの難しさの中を数十日間も兵士たちは耐え忍んでいた。

兵士の数は多人数であっても、兵士たちの士気や季節の移り変わりに伴う体調不良が出始めてきた。兵糧攻め戦法も犠牲者を減らす戦としては最良の攻め技かもしれない。

攻める側の立花軍の兵糧は、はるばる筑後国柳川から南関は平たんな道のり、難関からは山間の谷間沿いに続く歩きにくい山道を経由して運び込まれていた。物資運搬も並々ならぬ困難さの中を和仁川周辺まで届けていた。

二、軍師安国寺恵瓊の謀反作戦

対峙することは双方共にこれ以上、合戦を引き延ばしては、勝者になっても損失は大きすぎる。兵士の疲労だけでなく兵糧の補給と確保もままならぬ現状を認識して、このままの籠城する和仁親実との合戦には膨大な負担が嵩むことを恐れた。

そう考えた軍師、安国寺は、城内での謀反を起こさせる方策を思いつき、坂本城の筑後国の国境を護っている辺春親行に白羽の矢を立て、内部攪乱する謀反を計画した。

謀反に対する褒賞としての条件を辺春氏の命の保障、戦後の諸領地の配分で、現在の和水町山十町の山奥から抜け出した開けた土地を与える条件を持ち出して、辺春親行の心を揺り動かす工作を始めた。

この戦況下では、直接対談することは不可能な状況。そこで軍師恵瓊の手法は、敵陣地へ向けて弓矢を放ち、矢文を辺春親行宛てに放って、恵瓊の思いを伝えることにした。

お互い一度もあったこともないし、武将としての人物背景も知らない間柄だった。

そこで、安国寺恵瓊の最初の矢文はかように書き下した。

「坂本城主　辺春親行どの、失礼ながら、この場に及んで、貴殿とこの戦について相談申し上げたき議あり、矢文にてお伝えいたしたき候。貴殿については、先日、我が軍の軍議席にて、詳しく聞き及んだところ。貴殿は肥後国側にて筑後国側との国境を取りまとめることに努められている肥後の豪族の一人。

今回の一揆に関して、肥後国側の味方を援護するために田中城に入られたとのこと。貴殿の武将の姿に感服する所存。

どうか、我が方の勝敗に尽力して頂けないかと願うところ、この戦を終結させるために貴殿の特段の高配を願う次第。

次の矢文を待たれよ。　安国寺恵瓊より」と。

田中城内の西側に布陣した辺春親行の元へ矢文を受けた取った家臣が親行へ
「殿、こんな矢文が届きました」と親行へ差し出す。

不審に思い文を開いた。

この混乱に乗じて、こんな手法を使うとは、敵は何者だと疑念を抱いた。

そして、時を置いて、二度目の矢文が届いた。

「辺春親行どの、其方の心内は理解できる。其方の奥方は和仁親実兄弟の姉君と聞く。親類縁者の絆、そう簡単に寝返ることは到底無理と信じる。だがのう、これから先、貴殿のような有能な武者を亡くしたくない。どうか、我らの仲間に入り、御身の繁栄を願う儂だが、何とぞ、御一考を賜りたいものじゃが。そう簡単には参らないだろうがのう」と書き下されていた。

そして、三度目の矢文が届いた。よほどひっ迫した状況のようにも思える敵手側の焦りと苛立ちを感じた。

しかし、続けて

「貴殿は、なかなかの攻め辛い田中城の内、まことに外から城壁をよじ登り戦うことは難しく、そう簡単に城を落とすことが出来ぬのじゃ。だからこう長く対峙して睨み合いが続いているんじゃ。冬の到来になると兵士の士気も下がり、風邪ひき兵が増すだろう。其方の陣も同じことになるとも限らんからのう。それでもこの対峙を続けられると思うのか、よく思案したらどうじゃ」と。

そして、さらなる謀反工作の恩賞について具体的な内容が届いた。

「もし、貴殿が城内で謀反を起こし、大将の首を取ったら、一挙にこの合戦は終わるのだから、その後の御身の取り扱いについては、我が軍の功労者として、太閤秀吉様に申し出て護って行けるのだからのう。よくよく思考して結果を出してもらえぬかのう」と。

田中城内にも一二月(旧暦)ともなれば、冬の季節、戦い辛くなることは解っていた。

三、安国寺からの最後の矢文が届いた

「貴殿との交渉が不成立となれば、一二月五日を以て、我が軍は一斉に四方から攻撃を

開始。多くの犠牲者を厭わない大作戦を展開することに先の軍議にて決した。だが、もし貴殿が我が方の味方となった時は、辺春の軍旗を下して降状した合図で知らせてもらえないか。それを確認したら、我が軍の攻撃を控えることといたす。これが貴殿への最後の通告とする。異存はござらぬか」と念を押した。

この最後通告の矢文が届き、即刻、親行へ渡された。

矢文を受け取り、目を通した辺春親行は、生死の瀬戸際に立つ戦の重大さを鑑みて、安国寺恵瓊の要求も受け入れるしかないと決意した。

そして、初めて安国寺宛てに矢文を書きしたためて、一本の矢に魂を込めて、安国寺の陣地へ向けて、矢を放った。

安国寺陣地では、その矢文を受け取るやいなや、恵瓊の手元に届けけられた。

返信は無いかもわからないと不安気味な恵瓊は、一瞬、明るい光明に照らされた気持ちになり、軍議決定した通りの攻撃開始を全軍に指示した。

辺春親行から、最初で最後の返信の矢文が安国寺恵瓊の元へ届いた。

その辺春親行の文面は、「安国寺との、貴殿の内部の謀反の企て、要領は了解いたす。ただ、一二月五日の攻撃について、開始したら、和仁川のある西側から貴殿は進軍、攻め込んでくるだろうから、城の西側を固めている我が陣地から、最大限の迎え撃つことは、控えるのでそこを通り、城内の本陣へ突進して、総大将和仁親実を打ち取ってはいかがかなあ」と謀反の企てを別方法で受け入れることにようやく同意した。

下剋上の戦国時代とは言えども、親行自ら和仁親実の首を斬る戦法は、あまりにも残酷すぎて、親類縁者としの振る舞いは武士魂からどうしてもできなかった。

せめて、敵方の手に落ちる策をもって、田中城が必要最小限度で勝敗を決する攻撃で陥落するように図った。

親行からの矢文を受け取った安国寺は、早速、五日の攻撃の段取りを打ち合わせ通りに少ない犠牲で勝利する戦果が現実に見えてきた。

天正一五年(一五八七)一二月五日、田中城を取り囲む安国寺恵瓊の最後の軍議が子の刻に開かれた。

いよいよ、最後通告をした後、佐々成政の四軍は一斉に田中城に攻め込む方法の確認をした。

東陣地から佐々軍、北から鍋島軍、西から本陣を置く安国寺軍、南から立花軍で出撃。

一斉の出撃開始時刻は、十二月五日卯の刻、鉄砲と弓矢で攻撃、その後、槍と刀で城内へ乱入し、大将を確保して降伏させる戦法で攻撃に踏み込んだ。

狙いは、田中城主和仁親実ただ一人。

東と北からの攻めは、急な城壁、登りが大変な地形、南はやや緩やかに地形であり、城から駆け下りるのには比較的通りやすい。

四、田中城の落城

安国寺恵瓊の率いる佐々軍勢は夜明けとともに一斉に四方向から総攻撃を開始。籠城疲れの出始めた田中城内部は、総崩れ状態と化した。

東側面から急な傾斜面の城壁を佐々軍が攻め込む。北面からは鍋島軍勢、西側から安国寺軍勢、南面から立花軍勢が一斉に、小さな砦、要塞の田中城内へとなだれ込んできた。

東側からは佐々軍が攻めこむのだが、城の地形が余りにも急斜面の自然地形の城壁のため、頂上の城への攻め込みに大変苦慮した。

北側から攻め込む鍋島軍も佐々軍と同じ急な斜面を登り攻めることに苦慮した。

幸いにして、西側の安国寺軍と南側の立花軍は比較的緩やかな裾野地形なので、いち早く、田中城内に進軍することは容易だった。

もちろん、西側からの安国寺恵瓊軍の攻撃を防御する任務についていた辺春軍も長引く籠城生活で力尽きたかのようで、激しい反撃はできなかった。

本当に田中城は狭過ぎる。こんな所に九〇〇の兵が籠城していたとは驚きである。まるでミツバチの分蜂のように働きバチが一塊となって移動するような両軍の入り混じった激戦場と化した。

安国寺軍勢は本陣をめがけて一直線にまっすぐ進軍、応戦の指揮を執る和仁親実をめがけて斬りあいとなり、ついに、親実は田中城内で斬り死にした。

親実の二人の弟たちは、立花軍と佐々軍に、辺春親行は安国寺軍に降状し捕らわれる身となった。

女子どもたちは、攻撃開始直前にゆるやかな地形の裾野側へ避難して、直接の戦闘現場から離れることができた。

そして、一丸となって戦いに加わった女衆たちは、それぞれの勝利した敵手の元へ引きとられて行く、戦国時代の弱い女子たちの悲壮な運命の中を生き抜いていく。

ここに田中城を取り巻く肥後国衆一揆は完敗し、和仁一族の終焉となった。

第四章

一、田中城主和仁親実の参戦

戦国末期、肥後国衆一揆の勃発当時の田中城周りの城には、田中城(玉名)城主和仁勘解親実氏、坂本城(玉名北部)辺春親行氏、万嶽城(南関)大津山家稜氏、山本城(鹿本)内古閑鎮房(隈部親永の次男)、簡ケ嶽城(小岱)小岱親保氏、岡原城(板楠)板楠景貞氏、神尾城(神尾)大津山修理亮氏、城村城(山鹿)隈部親安氏(隈部親永の長男)、守山城(菊池)隈部親永氏たちが、豊臣秀吉公から領地を安堵されて統治していた。

そこへ、突然、佐々成政が城基久の突然の城主辞退によって隈本城主空席となり、薩摩征伐後、秀吉の命により、急遽肥後国主となり、肥後を統治する条件整備のなされぬまま隈本城主となった。成政はとんでもない難題に遭遇し当の本人も有りがたい九州征伐の戦果の褒美どころか、これから先、どのようにして肥後国を統治すべきか困惑した。

そのような状態で就任するに至ったから如何様にして肥後国を統治すべきか、即隈本城に入り、身近に取り巻く佐々軍勢の重鎮と幾度となく会議を開き、佐々軍勢の生きる方策を論じ合った。その論じ合った結果、秀吉に安堵された領地の検地を新しい検地尺度で検地のやり直しを執り行う結論に至った。

この結論を告示するために、新肥後国主佐々成政と肥後国衆五二人を隈本城に招集し、新国主と謁見を開いた。その謁見席上で、新国主側から、現在の検地を廃止、新たに検地による検地を実施し、国主佐々成政の肥後統治を一方的に、強引に行う旨を出席した国衆たちに伝えた。

しかし、謁見に出席した五二人の国衆は、驚嘆、現在の秀吉公から安堵されている検地を維持することを強く申し出たが、佐々成政は部下の生活を守るための秘策として、検地のあり方を新しく縮小した検地尺を採用して実施。

国衆たちから石高を得ることで、肥後国主の座の安泰を決意した上での、告示であった。国衆たちは、たまりかねて、如何に国主と言えども承服し難い告示であり、命令であった。

その国衆の一人の隈部親永が勇気を出して、佐々成政に、秀吉公にすでに安堵されている領地を佐々成政新任国主が、検地の命令下す事を解せぬと発言した。

その時、他の五一人の国衆たちのどよめきが起きた。

佐々成政殿いわく、

「で、今も申したように、我々の苦境を察してもらい、検地に当たってはぞんぶん加勢を望むものじゃ。よいな。隈部殿」。


そして続けて「検地ついては、検地の時期、方法、誰の領地から始めるか、そのような手順については、これから担当を命じた宗能が申すことをよく聞きとられぃ」と申して、右馬頭の下隣に控えている国主弟の宗能に目を配った。

佐々国主に指示された宗能が心得た顔で膝を進めようとされた時、隈部親永が「まあ、しばらく」と袴尻をさばいて前へ進み出た。

「先ほどからの仰せでござるが、我々国侍にとっては異なことじゃ。我々が所領各々は、先の秀吉様の島津征伐のおりに駐留の節下しおかれた御朱印状によって明らかな通り安堵されたもので、佐々殿の検地を受ける筋合いはないものと考える。それを今になって何故の検地なのか腑に落ちかね申す」と。

すると宗能は

「さればその仔細は、この宗能からただ今申し上げましょう。」と。

若いが佐々の家中きっての利発者らしく宗能の応対ぶりであった。

「いかにも但馬守隈部殿の申される通り、お歴々の御所領は秀吉様から下しおかれた御朱印状によって安堵されたものに相違はござりませぬ。しかしながら、ここで言えることは、例えば但馬守隈部殿御所領の八百町については、八百町かっきりあるのか、あるいは上回るのか、下回るのか誰にも分かり申さぬ。

秀吉様はもとより、但馬様ご自身もその辺の処ははっきりお分かりでないものと存ずる。言い換えれば、八百町と申すのは、すべてのところ慣習によって表すものではござるまいか」

但馬守隈部殿いわく「宗能殿、それは詭弁と言うものでござろう。

もとより、縄測りすれば、儂の八百町に一分一厘の狂いもないとは申さぬ。

しかしながら、筆数にしておそらく万とある田畑の数、しかも、一枚一枚があたかも我ら人間の顔が異なるよう、形も広さも相異なる田畑本来の相。

それを一分一厘も狂いのないよう測るは、人間業とは言え至難でござれば、あまり見込み違いでない限り、国人、百姓とも納得のいくところで表向きの面積とする慣習に従って参った。

それを無視なされて検地なさるとは、一国の太守と申していられたが、それにしてはいささかお心狭いご量見と存ずる。

しかも、さきに再々申し上げた通り、我々国侍の所領は秀吉様によって安堵されたものでござれば検地など、とても承服でき申さぬ」

すると「いや、但馬守殿、あなたが申される通り、殿が肥後一国の太守となられたが故に、また秀吉様によって安堵されたが故に八百町かっきり検地いたし、その分を但馬守殿の御領地として与えられるのが当然の義務と申すもの。対して、検地の基準は、秀吉様が大和、近江を始め、畿内を坪付けなされた時の六尺竿で測り、かつ六十丁に五十丁の三百歩を一反とする新しい方式による故、そちら様、国衆もご承知おきくだされぃ」

「なに、六尺竿となぁ」

「この頃耳新しい生駒竿というのがそれなのか」と。国侍の列座の中から愕然となったざわめきが起きた。

それは秀吉が城主を任じた時、ご誓書を言い渡していた。その内容は、

・・・小国分立国家である肥後で反豊臣政権的な行動が起きないように秀吉は「御誓書」五か条を与えた。

一、肥後国五二人之国人に先規の如く知行相渡すべき事

一、三年検地有るまじき事

一、百姓等痛まざる様に肝要の事

一、一揆起さざる様に配慮あるべき事

一、上方普請、三年免許せしめ候事

・・・・

これらの秀吉の御誓書に反している佐々成政への不満が充満しているあらわれとして、飛騨守隈部殿も声こそ発しなかったが、頬がぴりぴりと引きつり不安と怒りの面持ちを隠しきれない様子だった。

国主側の宗能がそんな国侍の動揺など気づかなかったかのように佐々国主に会釈を送ると、

「但馬守殿、よいな。そこもとの検地を終わり次第他は追従いたす」と、国主佐々殿の最後の断がおりた。

但馬守は無言で頭を下げて沈痛の思いで佐々殿の退出を見送った。

残された国侍の席がふたたび騒然となった。

「六尺竿を用いるとは理不尽じゃな。歩出分は佐々殿に取り上げられるのじゃ」

当時の慣行は六尺三寸尺で六十間の三百六十歩が一反であったから、新しい検地の方法では六十歩の歩出しができることになる。

国侍のお歴々が驚かれるのは尤もなことであった。

「但馬守殿、如何になされる」と皆から声をかけられたが、目を閉じて黙したままであった。

二、国主佐々成政の怒り

国主佐々成政殿の新検地のすすめ方を但馬守隈部殿の強い断り申し立てを受けた隈本城では三日間ほど真剣にどんな手段を講ずるか密議が続いた。

佐々成政殿の執拗な検地の取り組みに向けて、思いとどまることなく着々と検地を弓矢にかけて合戦で制圧する考えで、

「我意に従わぬ者は謀反として、武力に訴えてでも抑え込むのじゃ」と、隈部親永の菊池守山城を攻め落とすことも辞さないと決心した。

また、他方、もし但馬守隈部親永との合戦になれば、他の国衆たちの動きがどうなるかは掴めなかった。

だが、検地の申し出を受け入れなければ、否応なしに反対する国衆を謀反として撃ち取

ると言うことになり、国衆たちは佐々殿の検地に素直に従い順調に進めることができるだろうとも思われていた。

とにかく、但馬守の守山城を攻め落として、検地の第一歩を踏み出すこととした。

この時点で但馬守は謀反として国主の征伐を受ける立場に変わっていった。

軍事力では合戦経験にたけている佐々軍に、大きな戦の経験のない但馬守軍勢との戦力は比較にならぬほどの格差の大きいことは明らかであった。

しかし、それでも国主の検地の受け入れを断り続ける隈部親永。合戦となればいとも簡単に勝敗は決まることは明らかであった。

隈部陣地でも、佐々軍の攻めを覚悟して、数少ない軍勢の体制づくりに取りかかった。正規の大規模な軍事訓練、戦争体験を持つ兵士は皆無であった。

ほとんどの兵士たちは、百姓や山仕事に携わるものばかりであり、戦のあるたびに招集された。本来の武士を生業とし、大規模な合戦の体験を持つものは少ない。島津征伐に従軍した佐々軍数千人を撃退することはとうてい不可能な軍事力の規模であった。

ここに至って、肥後国衆一揆の勃発は一触即発の状態となった。

三、守山城から田中城の落城まで

天正一五年七月一〇日、佐々与左衛門指揮下三千騎が隈府の西南十三丁ばかりの大林寺に陣をしいた。周りは田んぼの中なので、守山城から寄手の軍勢の物々しい動きはよく見えた。

守山城の兵士の中には初めて見る敵陣を見て、「あれが敵か、敵の軍勢は何時仕掛けてくるのか」と。

夜になると、初秋の風のない蒸し蒸しする空気を薄紅にそめて燃える遠景は静けさのためかえって戦の緊張感を高めるようだった。

寅の刻に寄手は動き出し、町筋の細い路地を幾隊にも分かれて大手口に仕掛けてきた。だが、守山城の館の守りは堅く、二刻ばかりは両軍の間の声の掛け合いに終始してさしたる戦いはなかった。

そのうちに日が高くなり暑くなるとなんとなしに寄手は退いていった。

炎天下では、合戦も難儀だった。

この先陣について、守山城内では、主君佐々成政殿の先陣をきつたものの引くに引かれぬ武士の面目にかけて、思慮深い国主だから、どんな戦を仕掛けてくるのか、隈部親永陣地でもいろいろと取り沙汰され軍議が開かれていた。

その軍議の結果、但馬守隈部陣営では、和議を申し出ることになり、その和議のために人質を出すことになった。その人質は、隈部親永の第一家老の冨田安芸守家治の次男一〇歳とした。

天正一五年七月二六日、人質は隈本城の佐々成政殿に届けられた。しかし、佐々成政は和議を排除し謀反者を壊滅する決意を固めていたので役不足として受け入れられず、即刻、拒否して隈本城から放された。

和議に失敗した但馬守は、落城直前に長男の城村城へ一時退避することになった。殿隈部親永を無事に城村城に退避できるように、七月二八日、夜明け前に、冨田安芸守の軍勢が佐々軍の寄手陣地を目指して一斉に守山城を駆け下りて、敵陣地の院の馬場にて戦い、討ち死にした。

ここに飛騨守隈部殿の館は落城した。肥後国衆一揆の第一戦場となった。

肥後国衆一揆の合戦の場所は、守山城から城村城、最後に田中城の三城だった。

守山城は城主隈部親永が国主の新検地強硬を断ったことで謀反として力による服従を迫った。

城村城は隈部親永の長男、隈部親安の元へ父親永が守山城から退避し、立てこもったことで、合戦となり、開城。田中城は城主和仁親実が隈部親永の検地に反対したことに賛同して、反旗を上げたので謀反とされて合戦に。この三者とも国主の新検地を断ったことで、国主の制裁を受ける側に立たされてしまった。

肥後国主佐々成征殿が、肥後以外の国の兵力増強により、一連の一揆は終結した。

四、落城後の辺春氏と三兄弟の終焉

この三人の武者は堅牢な鎧兜で身を保護していた。弓矢で簡単に殺傷しがたい身構えをしていた。

辺春親行は城西側の陣地で合戦の指揮を執っていた。そこへ、安国寺恵瓊の兵士が雪崩込み、刀で戦うことなく、いとも簡単に降状した。

その後、対面した敵手によって、即刻、安国寺恵瓊が指揮を執っていた陣地へ誘導され、そこで、はじめて安国寺恵瓊と対面した。

安国寺恵瓊は捕虜となった辺春親行らに対面しても、お互いに面識はなくどんな人物なのか知ることもなかった、陣地の奥深い席に鎮座する鎧姿の武将に引き渡された。

「其方が辺春親行殿か。はじめて会うのじゃが、この戦、我が方に良くぞなびいてもらって、無事にこの合戦を終えることができたぞ。率直に礼を申すぞ」と安国寺。

「はじめてお目にかかる大将殿、聞き及んだ噂の通りのお方なのですね」と辺春親行。

「今回の戦、小さな城なんで簡単に落とせると思ったが、予想以上に守りが固く、攻めづらかったので、こんなにのう長引いてしもうたわい」と安国寺。

「大軍をもって包囲しても、城の自然地形を上手く利用して作られているので登り攻めが出来なくて、最後は兵糧攻めの策で戦うことしかないと考えたのじゃが、秀吉公が長引きすぎると苛立ちのご様子なので、この戦法で内部から謀反を起こし、敵大将を滅ぼす作戦展開となったのじゃ」と続けた。

「我が方も、長引く籠城で兵士の体調、食料不足で戦意が下がり始めていたので、安国寺どのの誘いに応じたもの。結果は戦いに敗れることは我が身にも分かりきっていたから謀反は後悔していません」と辺春親行が答えた。

「女子供たちが、無事にこの戦禍を通り過ぎれば、何らの心配はいたさぬ」と辺春氏。

「さて、これからの御身のことじゃが、すでに戦中に話した通り、この勝利を早速、秀吉さまに貴殿の謀反による功績を高く評してご報告申し上げて、容赦たまわるようお願い申し上げるつまりじゃ。

其方の謀反がなければ、今のこの時でさえも、お互いに戦い争っていただろうにのう。大将和仁親実を早く打ち取ることが出来、有難いことじゃからのう」と安国寺は満面の笑みだった。

「二か月近くの籠城、城内では、外から見られるように容易ではござらぬ。狭い地に九〇〇人もの人の住まい。楽ではござらぬから早く合戦が終わることを毎日念じて過ごしていたところ、今朝の攻撃で勝敗が決まり安堵したところでござる」と辺春親行。

「そうだのう、我が方も総勢一万の兵、長期間の睨み合いで対峙。いろいろあってのう、困り果てていたのじゃ。だから、敵陣の攻略の方法を思案、なんとか其方へ話を持ち掛けられたのじゃから」と安国寺恵瓊。

「そして、其方の手柄は我が方にとっても大きいぞ。だから秀吉さまも、この難題の一揆を片づけられたこと、お喜びくださるだろうよ」と続けて恵瓊。

「儂は出撃の途中なので中国へ直ちに戻らなければならぬから、懇願の書状を秀吉さまに明日にでも準備いたそう」と。

一二月七日付けで、安国寺恵瓊は大坂の秀吉殿下宛てにこの戦の結果について辺春親行の戦勝を導いた功労の貢献度を詳しく書き下し恩赦を詳細に願い出た。

それから二〇日間が過ぎた一二月二七日、安国寺の元へ安国寺恵瓊の嘆願書に対して、秀吉殿下からは全く無視された意にそぐわない命令書状が届いた。
それによると、安国寺恵瓊の嘆願に沿わない無視した内容の命令であった。
恵瓊が辺春親行を説得させるための嘆願は、何一つ取り入れられていなかった。

秀吉公にとって、成政に示した御制書の内容を守らなかった怒り、この肥後国衆一揆は薩摩征伐後の予期せぬ一揆合戦、これからの全国統一に向けての歩みをゆるめるわけにはいかなかった。その怒りが内面に充満していたのだろうか、一度戦いの敵となったものは絶対に許し難いと意を表したかたちを取ったからだった。

それより、佐々成政肥後国主の検地を断った五二人衆に対して、謀反者として、良く思っていなかった。それで、今回の一揆に関わったすべての国衆たちを討ち果たすように命じた。

この肥後国衆一揆は、肥後国主佐々成政殿だけとの戦いではなく、筑後の国、引いては、安国寺恵瓊まで参戦する大きな戦の構図となり、ただ、単なる肥後の肥北地域の一揆とは受け止められなかった。

一二月五日に卯の刻に開戦し、巳の刻には勝敗が決定した。和仁親実の斬り死により、残りの二兄弟も劣勢の戦いとなり、ついに降状し、鍋島軍と立花軍にくだった。

攻撃開始前の軍議で相手方の大将の身柄拘束についても話し合われていた。もちろん、辺春親行の身柄は、安国寺が中国地方の本来の防備任務のために引き上げるので、柳川の立花軍に引き継がれ預けられた。

立花宗茂は、城村城の開城により降状した隈部親永の身柄を預かっていた。親永は肥後国主佐々成政殿に対する謀反の責任を問われて、一揆に加担した国衆の処罰として、死を負わされていた。

隈部親永は単なる打ち首や切腹の刑に処するのではなく、武士社会の最高の誉れとなるように武士魂を高く評価できるように、柳川の黒門橋の上で、親永側一二人、宗茂側一二人の武士による一対一の戦いを演じて、この世から葬り去られた。

それは、後世に向けて、隈部親永の武士魂が如何に尊いものであったかを示すためだった。

田中城の合戦の戦後処理として、一二月二七日付け、太閤秀吉の直命により、それぞれの預けられた領主の下で遂に処刑された。それは秀吉の一揆に対する許しがたい怒りがあったからであった。

ここに、田中城に関する最後の肥後国衆一揆と和仁一族は滅び終焉した。

肥後国衆一揆で五二人中四八人が戦死または処刑され戦国末期の肥後平定は終わった。

他方、一揆の勝者となった佐々成政は、秀吉に勝利の報告のために大阪へ向かったが、秀吉に受け入れられずに尼崎に足止めされた。

佐々成政は、秀吉が与えた肥後国を治めるための「御誓書」に従わなかったとして、一揆の重い責任を負い秀吉の指示で、翌年天正一六年五月一四日摂津国尼崎の法園寺にて切腹。没年五三歳であった。

そこに秀吉に忠誠を誓っていた加藤清正(二三歳)が立ち会った。

不運にも一揆の時代に遭遇した肥後戦国末期を生きた五二人衆たちの世界はまるで氷のように冷たく己の人生を全うすることのない悲劇的な時代だった。

おわりに

戦国末期の肥後国衆一揆とは何だったのだろう。

太閤秀吉の政権末期で最後の国家統一をめざして薩摩征伐に進軍。島津義久の敗北で終結した。その時期を同じくして肥後隈本国主の座にいた城基久が隈本城を秀吉に明け渡したことで城主不在となった。

凱旋し大阪へ戻っている途中の突然の対応すべき出来事として、秀吉軍に従軍していた佐々成政を隈本城主、肥後国主に任じた。

通常であれば一国の国主を任命されると、禄高を与えられて、その領地を統治するものである。

しかし、今回は、禄高を明示されぬまま、肥後国主に任ぜられたから、禄高なしの国主とは、信じられない肥後国主の誕生となった。

国主となった佐々成政は、部下を養うために苦肉の策として、検地を新しい方法で実施して、その増加した土地の部分を禄高に充てる知恵を早急に決定した。

佐々成政は謁見の場で、肥後国衆五二人衆に測量を命じた。しかし、すでに太閤秀吉から安堵された領地を主張。力による統治を拒否したことで謀反とされ国衆一揆は隈部親永を筆頭にして合戦が始められた。

この肥後国衆一揆の主戦場は、隈部親永の居城守山城の一帯で繰り広げられた。そして、二番目に隈部親安の城村城を攻略、最後は隈部親永に感化された和仁親実の田中城を攻略して一連の肥後国衆一揆は隈部親永氏から始まり、三加和の田中城主和仁親実の落城で終結した。

幸いに勝利した肥後国主佐々成政は、秀吉の肥後国統治の進め方の御誓書に反した戦として咎められ、尼崎のお寺にて切腹を命じられ若い加藤清正の介錯により無念さを抱きつつこの世を去った。

この国衆一揆とは何だったのだろうか。それは天下統一をほぼ成し遂げた豊臣秀吉の策略に翻弄された戦であった。戦国末期に尊厳されない尊い生命、氷のような冷ややかな不運な物語が我が郷土に残されていた。

後日譚

天正一五年七月二八日菊池隈府の守山城は落城、続いて山鹿の城村城が落城、その年一二月五日に玉名三加和の田中城が落城した。

田中城を攻める前までは、隈部親永の居る隈部親安の城村城の攻撃に備えて、佐々軍は山鹿日輪寺に本陣を置いた。

城村城の攻撃は、一回目は八月七日に開始、親安側は矢戦と砲撃で応戦して守りを固めた。

その後、八日から一二日まで佐々軍は、兵士の体力と気力の再編に取り組み、戦法の検討を始めた。

そして、二回目の攻撃は八月一三日開始。城村城の円通寺口から攻撃した。

親安軍勢は予備隊長有働孫市の三〇〇兵力で横合いから応戦、形成は逆転、鉄砲、弓矢、槍で応戦した。敵は谷下へ退いた。

円通寺口から降りてくる本道に合するところの草刈り場で佐々右馬頭が転倒し、有働帯刀に取り押さえられて処された。

この戦いで佐々軍は、右馬頭と宗能の二人を亡くした。

佐々成政の要請で柳河城主立花宗茂が、三千騎を率いて、九月九日城村城の大手門に寄せてきた。佐々軍勢と合わせて戦力ははるかに増強された。

他方、城村城側の兵力は開戦時から半数に減少していた。

城村城の守備陣営は、これ以上交戦することは難しいと判断して、開城した。

また、佐々成政は隈部親永の謀反者を討つだけでなく南関郷の国衆を討つことは二か月前から着々と準備されていた。

次は田中城へと一揆は進められていった。

この三つの城は、天正一五年七月、豊臣秀吉の日本統一に向けた薩摩征伐の帰路の途中、突如、薩摩征伐に従軍した佐々成政が秀吉により、肥後国主を任じられたことに始まる。

本来なら国主に任じられるとは、石高を与えられるのが尋常である。しかし、今回は石高を与えられずに肥後国領地だけを与えられた不憫さが、新国主の生きる道を模索せざるをえない苦境に追い込んだ。

思うに高齢となった秀吉の老人性障害で、石高を与えるのを忘れたのか、腑に落ちない特例だったのだろうかと考えさせられた。

国主となればそれ相応の家臣の賄いも生ずるはずである。その賄いを生み出すための苦肉の策として、新国主佐々成政殿は、新しい検地の仕方で再度検地をするよう肥後国衆五二人に強引に命じた。その命を先頭に立って断ったのが菊池守山城主隈部親永であった。国主は命令に従わない謀反者として隈部親永を武力で制圧を図った。これが肥後国衆一揆の始まりである。

国主の命に従わぬ者は遠慮なく排除する方針で検地を推し進めることにした。

もし、城基久が隈本城主を続けていたら、秀吉は薩摩征伐の遠征の成功を喜び日本統一の立役者として君臨し続けていただろう。

佐々成政は運よく肥後国主の座が突然飛び込んできたと一瞬、喜んだであろう。しかし、中身は何もない肥後国主に任ぜられたことで不運にも一揆との戦いに苦悩し、最後は秀吉によって反感を持たれて尼崎で切腹を命じられた。何も得ることなく只死する運命を早めたに過ぎなかった。また、佐々成政に謀反とされた隈部親永親子、そして、田中城主和仁親実と辺春親行らすべて国衆一揆に関わったことで処刑された。

この一揆から見えることは、関わったすべての武将たちの生涯が、秀吉の思惑に翻弄されたことである。

国衆一揆にまつわる歴史小説『氷筍』『氷濤』は守山城での戦国末期で落城後を生きた安芸守奥方と飛騨守奥方を、そして最後に『氷瀑』と題して、三加和の田中城を舞台に約二か月間ほど籠城し、多勢を相手に戦い続けた和仁一族とその親族辺春親行の肥後国衆一揆について書いた。

資料編

参考資料

一、田中城舞台に映画化

◎映画化された田中城舞台の「おんな国衆一揆」の紹介

●映画製作にあたって

『玉名郡三加和町にある中世城址跡の「田中城跡」を題材とした映画です。田中城跡は町教育委員会の手によって、昭和六一年(一九六三)から八回発掘調査が実施され、平成一三年度(二〇〇一)に国指定史跡となりました。それを記念した作品でもあります。

国衆一揆の際に、城は豊臣勢に包囲されました。その合戦の有様は、絵図や文献から伺い知ることが出来ます。

映画化にあたっては、それらの資料が十分に検討され、これまで、一般に余り知られていなかった郷土の歴史にスポットがあてられました。』(熊本特別限定版記載文より)

「熊本物語」熊本特別限定版三作の中に、「おんな国雌雄一揆」がある。

「もはや運命としか言えないのです。未来のために作るのではなく、過去が私に創る場を与えたとしか思えないのです。　三池崇文」

監督：三池　崇史
撮影：山本　英夫
脚本：江良　至
美術：松宮　敏之
音楽：遠藤　浩二
プロデューサー：杉浦　敬
企画：池上　緑良(熊本県三加和町町長)
総指揮：古閑　三博(熊本県文化財保護審議会委員)
総合プロデュース：花木　薫
ナレーター：竹下　恵子
出演：原田芳雄・はた三恵・布施博・北村一輝・石橋蓮司・あべ静江

青田典子・竹中直人・潮谷義子・古閑三博・池上緑良・大田幸博

◎「おんな国衆一揆」(二〇〇二年作品　上映時間六〇分)の内容

『天正一五年(一五八七)、豊臣秀吉(竹中直人)は九州を平定した。肥後の国主に佐々成政(石橋蓮司)を任命した。同時に、旧領主には領地を減じて安堵しましたので、成政は、極めて困難な状況下に入国したことになります。

必然的に、成政は、秀吉から禁止された検地に踏み切らざるを得ませんでした。これに対し、隈部親永を中心に五二人の国衆(旧領主)が蜂起したのです。

玉名郡三加和町の田中城は、その中にあって一揆の拠点の一つとなりました。城には和仁親実(原田芳雄)、親範(布施博)、親宗(遠藤憲一)の三兄弟と、一族の辺春親行(北村一輝)が立て籠もりました。

秀吉が差し向けた一万の軍勢に対し、わずか九〇〇人の兵で立ち向かったのです。

苦戦したものの、籠城一か月で田中城は食料が底を尽き、落城寸前となりました。

そこで、親実は、親行の妻である頼の方(はた三枝恵)に、女や子供を無事に逃がすことを託しました。

頼の方は、親実がかって滅ぼした国衆の娘で、その後、妹として育てていたのです。兄として慕う頼の方は、最後までこの城で戦うことを主張しました。

親実と親行は、必死で「生きるのだ。生きていれば、いつか再び、この地に戻ってこれる」と説得するのでした。

皆の説得に、頼の方は城から出ることを決意しました。

しかし、頼の方を待っていたのは、親行の裏切りと思える行為でした』
※映画解説の原文より

参考：熊本県立図書館　持ち出し禁止
「三加和温泉ふるさとセンター」で上映される

二、映画の紹介

●「おんな国衆一揆」監督三池崇史映画「熊本物語」の完成によせて
菊池川流域古代文化研究会
会長　潮谷義子（元熊本県知事）
古代から中世にかけての肥後、熊本の劇的な歴史を描いたオムニバス映画「熊本物語」が完成しましたことを関係者の皆様と共に大いに喜びたいと思います。
この「熊本物語」は、菊池川流域を舞台とした三部作構成となっております。

熊本の母なる河の一つである菊池川。

その流域に古代から展開されてきた変化にとんだ歴史と懐の深い文化は、熊本県の風土の形成に大きな役割を果たしてきたと思います。

菊池川古代文化研究会では、これらの歴史や文化を学び、次の世代に継承していく活動に取り組んでまいりました。

中でも、多くの方々に熊本の歴史と文化について関心を持っていただくことを願い、三本の歴史映画を製作したことは特筆すべきことと思います。

このたび、本会常任理事の古閑三博先生のご指導で、菊水町の「隧穴幻想、トンカラリン夢伝説」(平成一〇年)、県立装飾古墳館の「鞠智城物語」防人たちの唄」(平成一一年)、三加和町の「おんな国衆一揆」(平成一四年)が誕生しました。

いずれの作品も、気鋭の映画監督三池崇文氏の手腕によって、観る者の胸を打つ第一級のドラマに仕上げられており、大変好評を博しております。

今回、これら三本の作品の制作元である株式会社ブルックス代表取締役の花木勲薫のご理解とご協力を得て、「熊本三部作　熊本物語」が完成しました。

どのように社会が変わろうとも、郷土の歴史を知り、先人の生き方に学ぶことは人としてとても大切なことだと考えます。

とりわけ、明日の社会を担う児童、生徒の皆さんにそのことを強く望みたいと思います。この物語を通して、県民や全国の皆さんに熊本の歴史や文化に対して一層の興味、関心、そして愛着を持ってもらいたいと心から願っております。

冨田　巖　略歴

熊本県山鹿市在住
全国日豪協会連合会理事
熊本日豪協会理事

既刊
編著　『心のルネッサンスメイ・フリース女史の功績と人間愛』
（トライ出版）2006年6月

編著　『悠久の郷土史ロマン』（ダイコウ印刷）2014年5月
平成21年7月指定　隈部館国史跡指定記念
「隈部親永の終焉」　長井魁一郎著の復刻版

著作　『氷筍』（トライ出版）2014年9月
天正15年肥後国衆一揆後の椿千代と
母の消息を辿るドキュメント小説

著作　『氷濤』（トライ出版）2021年8月
肥後戦国末期を生きた女たち
肥後国衆一揆後の安芸守と飛騨守の奥方たちを描く

氷瀑

発行日　令和六年十一月一日
著　者　冨田　巖
発行者　小坂拓人
発行所　株式会社トライ
熊本県熊本市北区植木町味取三七三－一
電　話　〇九六－二七三－二五八〇
FAX　〇九六－二七三－二五四二
https://try-p.net
E－mail　try@try－p.net
印　刷
製　本　株式会社トライ